이 책을 만드는 동안 정말 큰 도움을 준 우리 가족
진심으로 고맙고 사랑합니다.

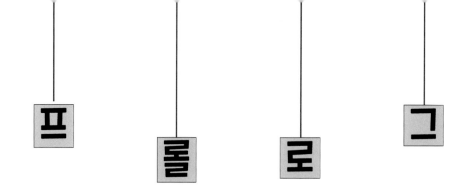

경기도민으로서 가장 많이 받는 질문은,

"경기도의 가볼만한 곳 추천"이었습니다.

대부분 이렇게 알음알음 지인의 추천을 타고 경기도 여행을 하는가하면,

인터넷 창에서 경기도 축제/행사/데이트 장소/맛집 등을 검색하기도 합니다.

하지만 원하는 정보가 나오지 않아 한숨을 푹푹 내쉬었을텐데요.

걱정하지 마세요.

경기도 터줏대감이 축적한 경험 데이터를 바탕으로

알짜배기만 쏙쏙 골라 소개해 줄 테니까요.

어서오세요, 마이 경기도!

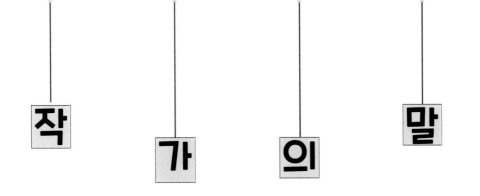

작가의 말

이 책에서 소개할 장소들은

경기도 주민으로서 자신 있게 추천할 수 있던

데이트 장소, 맛집들입니다.

하지만 그것을 타인을 위해 책으로 소개하고자

자료를 찾고 설명하고자 하니

생각보다 어려운 과정의 연속이었고,

미처 모르고 지나쳤으나 함께 소개하기 위해 알아본

경기도의 수많은 행사와 축제들은

코로나19의 종결 이후 가족, 친구, 지인들과

함께 놀러가고 싶을 만큼

무척 흥미롭고 재미있어 보였습니다.

부디 여러분께 도움이 되는 책이

되기를 바랍니다.

읽어주셔서 정말 감사합니다.

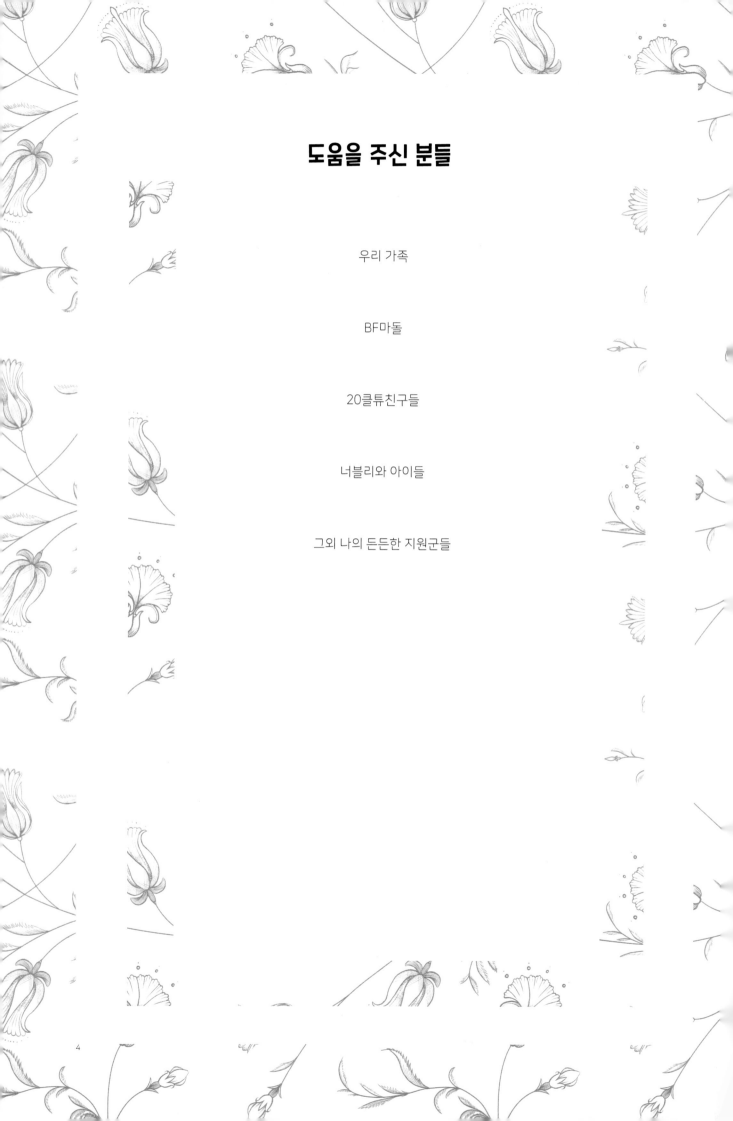

도움을 주신 분들

우리 가족

BF마돌

20클튜친구들

너블리와 아이들

그외 나의 든든한 지원군들

I_축제/행사

1x

SLO-MO   VIDEO   PHOTO   PORTRAIT   PANO

Ⅱ_맛집

Ⅲ_핫플레이스

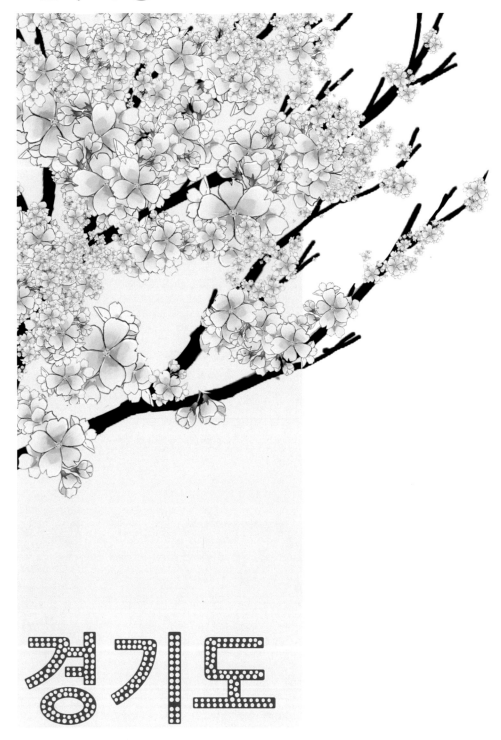

경기도

축제

가족

행사

가족

1. 별빛정원우주(OOOZOOO)

경기 이천시 별빛정원우주 365일 별빛축제

[간단 키워드]

#이천_여행 #인생샷 #테마마크 #축제 #데이트장소 #덕평자연휴게소

차를 타고 슝슝 데이트하고 싶은데 마땅한 곳이 없다구요?

드라이브 데이트로 아주 좋은 장소를 소개해드릴게요!

[소개]

우주를 좋아하시나요?

그렇다면 우주 여행을 마친 달 토끼가 우주에서 가져온 빛의 씨앗을 심어
지구에 만들어 놓은 신비한 별빛정원을 만나보세요!

결코 잊을 수 없는 우주만의 환상적인 경험!

친구, 연인, 가족과 함께 우주여행을 떠나보세요.

별빛정원우주의 마스코트, 토끼

'별빛정원 우주(OOOZOOO)'는 빛과 자연 테마의 신개념 문화 공간입니다.

이천 여행을 계획하고 있다면 아주 좋은 축제입니다.

휴게소계의 아이돌, 이천에서 유명한 덕평자연휴게소 내에는
'별빛정원우주'라는 테마마크가 있습니다.

야간에 인생샷을 남길 수 있어 유명한 곳으로 연인, 가족, 친구와 함께
놀러올 것을 적극 권장하는데요.

포토존에서 #화려한_불빛과_함께_인생사진_찰칵!
어떠실까요?

축제의 마스코트와 함께 별빛정원우주로 떠나봅시다.

별빛정원우주에서 가장 핫한 사진명소를 소개할 시간이네요

밤에는 인생샷을 찍을 수 있도록 포토 스팟이 마련되어 있답니다.

음악에 맞추어 펼쳐지는 라이팅 쇼와 주말 야간에만 볼 수 있는 버스킹
공연까지 진행돼, 파크를 둘러보는 내내 지루할 틈 없이 관람하실겁니다

낮에는 다양한 꽃과 식물들로 이루어진 유럽형 컨네이너 가든, 밤에는 반짝이는
조명과 미디어아트체험 시설을 즐길 수 있는 일루미네이션 파크 별빛정원 우주를
만날 수 있습니다.

365일 펼쳐지는 별빛축제 별빛정원우주는 바쁜 일상에서 벗어나 새롭고 행복한
경험을 선사합니다.

아름다운 LED 조명 포토존에서 가족, 연인, 친구와 함께 찍어보세요!

또한 별빛정원우주 메인 건물인 '우주스테이션' 내부에는 계절 트렌드를 반영한 다양한 화분과 인테리어 소품을 판매하며 갓 구운 베이커리와 프레시한 음료를 즐길 수 있는 카페&가든 샵 'Y 가든센터'를 운영중이니 구경 후 목이 마르면 휴식을 취하면서 다니는 걸 추천드려요.

2. 화담숲 봄 수선화 축제

경기도 광주시 화담숲 봄 수선화 축제

[간단 키워드]
#광주_여행 #봄꽃 #나들이 #수선화 #축제 #가족 #화담숲

4월에 피는 광주의 벚꽃을 보러 가고싶지 않으신가요?

그렇다면 봄 바람과 함께 걸으면서 꽃 구경을 할 수 있는 화담숲 봄
수선화 축제가 있습니다.

봄에는 수선화, 가을에는 단풍으로 유명한 화담숲 수목원입니다.

'화담숲 봄 수선화 축제'는 봄 향기를 느끼면서 천천히 구경할 수 있으며 가족이
함께 광주 여행을 와서 느긋하게 나들이를 즐기기에 안성맞춤이에요.

풍경 구경하면서 천천히 낭만의 거리를 걷기 참 좋답니다.

'화담(和談)'
정답게 이야기를 나누다.
화담숲은 정답게 이야기를 하면서 즐길 수 있는 축제랍니다.

관람시설이기 이전에 멸종위기의 동식물을 복원하여
자연 속에 자리 잡게 하는 생태계 복원을 목표로 한 현장 연구시설입니다.

화담숲 봄 수선화 축제를 소개드리는 가장 큰 이유는 바로 봄이라는 계절입니다.

봄을 알리는 꽃들이 개화하며 화담숲의 봄이 시작되거든요.

탐매원과 자작나무 숲을 뒤덮는 노오란 수선화, 모노레일에서 즐기는 연분홍의
벚꽃, 각양각색의 야생 초화들까지 화담숲의 각 테마원에서 다양한 모습의 봄을
느끼실 수 있습니다.

4월에는 수선화, 5월에는 가정의 달 축제가 진행되며, 다양한 체험 프로그램과
이벤트가 준비되어 있어요.

#4월의_수선화와_함께_인생사진_찰칵!
어떠실까요?

[소개]

화담숲은 LG 상록재단이 공익사업의 일환으로 설립 운영하는 수목원이며, 지난 2006년 4월 조성승인을 받아 경기도 광주시 도척면 도웅리에 위치한165,265㎡ (약 5만평)에 조성되었어요

화담숲이 다채로운 봄꽃들과 함께 3월 18일 개원하며 <화담숲 봄 수선화 축제>를 개최합니다.

자작나무숲과 탐매원 등의 테마원에서 총 37종 10만송이의 다채로운 수선화를 만끽할 수 있으며, 산수유, 복수초, 풍년화 등 화담숲 전역을 화려하게 수놓는 각양각색의 봄 야생화들도 눈에 담을 수 있어요.

특히 '자작나무숲'의 2,000여 그루 하얀 자작나무가 한데 모여 자아내는 이색적인 풍광이 수선화 군락과 함께 물결처럼 수 놓는 모습으로 봄 나들이에 나선 관람객들을 얼마나 사로잡을게요?

자작나무는 겨울에 예쁘다고 알려져 있지만, 노란 수선화 군락과 함께 어울려 가득 채우는 하얀 수피의 자작나무는 화담숲만이 만들어내는 봄의 장관이랍니다!

나무가 탈 때 자작자작 소리가 난다고 하여 붙여진 이름으로 자작나무에서 추출된 자일리톨은 껌의 원료로 사용되어 그 쓰임새도 좋은 나무래요.

색채원과 반딧불이원에도 피크닉 콘셉트와 사진전 테마의 포토존이 각각 새로이 조성되어 인생 사진을 남길 수 있어요.

특히 반딧불이원은 반짝반짝 예쁘기도 하지만 보기 힘든 반딧불이도 볼 수 있어요. 도심의 불빛이 늘어 가는 만큼 일명 '개똥벌레'로 불리며 우리 주변에서 흔하게 볼 수 있었던 반딧불이는 희귀 곤충이 되었거든요.

반딧불이원은 '애반딧불이'가 서식하는 곳으로 계곡물을 올리고 반딧불이 유충과 그 먹이인 토종 다슬기가 살 수 있도록 서식환경을 조성하였습니다. 그래서 매년 6월이면 계곡 주변을 날아다니는 반딧불이를 만날 수 있어요!

총 5.3km에 달하는 화담숲 산책길은 완만한 경사로 이루어져 있어 봄 바람과 함께 걷기에 더할 나위 없이 좋아요.

'화담숲 봄 수선화 축제'는 봄 향기 가득한 야외에서 온 가족이 함께 나들이를 즐기기에 빠짐이 없죠!

화담숲을 관람하며 주요 테마원의 스탬프를 찾아 보는 '봄 스탬프 투어'는 화담숲의 봄을 대표하는 테마원을 찾아 보는 재미를 느낄 수 있어요. '생태 숲 해설 프로그램'을 통해서는 정원사와 함께 화담숲을 거닐며 다양한 식물들을 알아보는 등 보다 자연에 가까워져보아요.

3. 한국민속촌 웰컴투조선

경기 용인시 기흥구 민속촌로 90 한국민속촌

[간단키워드]

#용인_여행 #이색체험 #전통문화 #한국민속촌 #축제 #인생샷

한국민속촌, 다들 들어보셨죠?

어릴 적 가족들과 함께 놀이기구도 타고 한국 전통으로 꾸며져 있는
민속촌을 구경하며 사진 찍은 기억이 있을 거예요.

학교에서 소풍으로 친구들과 함께 손을 잡고 민속촌에서
논 추억도 말이죠.

어쩌면 다들 한 번씩 가봤을 한국민속촌이 새롭게
변신을 꾀했다는데요.

바로 웰컴투조선&야행 축제입니다.

우리 함께 봄의 축제 속으로 빠져볼까요?

[소개]

축제를 즐기기 전, 한국 민속촌에 대해 먼저 알아보는 시간을 가져볼까요?

한국민속촌은 1974년 건립 초기부터 교육적 가치와 관광적 가치를 염두에 둔
최고의 전통문화 테마의 종합관광지를 목적으로 설립되었습니다.

한국민속촌의 조선시대 마을은 각 지방에서 이건 및 복원한 실물 가옥으로 이루어져 있으며,
철저한 고증과 자문을 거쳐 사계절 변화에 따라 생활문화를 재현하고 있어요.

야외에서 만나는 체험형 전시와 전통방식을 계승한 생활공예, 절기별 세시풍속을 행하며
잊혀 가는 전통문화유산의 가치를 함께 나누고자 노력하고 있어요.

한국민속촌이 지켜가는 전통문화 속에서 과거와 현재를 경험하고, 미래를 열어갈
새로운 가치를 만나보시길 바라요.

2022.03.26. (토)~2022.06.26. (일)에 진행되었던 한국민속촌 웰컴투 조선 축제에 대해 설명해드릴게요!

행사 기간 주말과 공휴일에는 무고한 백성을 괴롭힌 사또를 벌하는 내용의 마당극 '사또의 생일잔치'가, 평일에는 민속 마을 사람들이 잔치를 준비하며 일어나는 이야기를 다룬 마당극 '지금 우리 고을은'이 펼쳐져 관람객들에게 볼거리를 제공되었어요.

매년 새로운 스토리로 돌아오는 '사또의 생일잔치' 마당극은 노비 현상금으로 걸린 금 두꺼비에 눈이 멀어 무고한 백성을 괴롭힌 사또와 그 무리에 대한 권선징악을 유쾌하게 다루니 꼭 한 번 구경해보세요.

1시간 전부터 미리 자리를 잡는 분들도 많으니 앉아서 관람하고 싶다면 최소 2~30분 전에 미리 시간을 확인하고 자리를 잡는 걸 추천드려요.

이뿐만 아니에요. 한국민속촌에서는 탈, 제기, 천연손수건 등 다양한 민속체험을 통해 한국 고유의 전통을 이해하고 즐길 수 있어요.

민속체험을 하다보면 장인 분께서 능숙하고 여유롭게 단소를 부는 모습을 볼 수 있는데 정말 신기하고 재미있었답니다.

한국민속촌 '달빛을 더하다'

자, 한국민속촌을 잘 즐기셨나요?

햇빛도 쨍쨍한 낮에 재미있는 체험을 하느라
온몸에 땀이 가득하겠어요.

그렇다면 이제 땀을 식히며 눈으로 즐길 시간
아닐까요?
그런 여러분에게 곧바로 2022.04.09. (토) ~ 2022.11.06. (일)까지
진행하는 한국민속촌 야간개장을 소개합니다!

더운 날씨를 피해 밤의 고즈넉한 분위기의 민속촌을
즐겨보세요. 정말 감성 넘치는 사진을 찍을 수 있어요.

#그림자_아티스트_빙의해서_찰칵!
어떠실까요?

한국민속촌 밤의 매력에 푹 빠질 준비가 되셨나요?

[소개]
"선선한 달빛의 밤
조선의 마을을 거닐다"

야간개장 기간에는 공연장에서 조선 시대 남녀의
사랑 이야기를 LED 퍼포먼스 등으로 표현한 '연분'
특별공연이 펼쳐집니다

야간개장 특별공연이에요!

하늘이 주신 운명적인 사랑을 전통공연과 LED 퍼포먼스,
쉐도우 아트와 같은 디지털 콘텐츠로 표현한 멀티미디어
융합 초대형 공연이니 꼭 한 번 관람해보세요.

공연 30분이 눈 꿈뻑할 틈도 없이 지나가버린다니까요!

여름에는 해가 늦게 지기 때문에 연분 공연이 시작될 때까지는
밝다가 조금 있으면 해가 지기 시작해서 굉장히 화려한 LED
퍼포먼스를 볼 수 있어요.

한국민속촌에서 정말 유명한 공연인 만큼 편하게 앞자리에서
관람하기 위해서는 최소 1시간 전에는 미리 가서 앉아있어야 해요.

미리 간식이나 간단한 저녁이 될 수 있는 요깃거리를 구매해
준비해두면 정말 좋답니다.

낮 시간대부터 밤까지 쭉 한국민속촌에서 노는 것도 재밌지만,
종일 시간을 보내기 힘드신 분들은 오후 4시부터 입장가능한
야간권을 이용해 선선하게 바람이 불 때 사진을 찍고 놀다가
연분 공연을 보는 걸 추천드려요!

민속마을 초가에서는 창에 드리워진 그림자로
조선의 밤 생활상을 들려주는 그림자 이야기극도 운영됩니다.

조선 시대 야시장 분위기에 맞춰 식음 메뉴도 큰 폭으로
리뉴얼했어요.

또 민속촌 곳곳에는 그림자를 이용해 재미난 사진을 찍을 수 있는
포토존이 마련되고, 조선 시대 분위기가 물씬 풍기는 야시장도
열립니다.

'연분 ' 특별공연을 보고난 후 얼른 입구 쪽에 있는 보름달 그림자
포토존으로 뛰어가세요. 공연이 끝났을 때 해가 완전히 저물어서
빛 사진을 정말 감성적이고 예쁘게 찍을 수 있거든요.

보름달 그림자 포토존이 인기가 많아서 서둘러 가지 않으면 길게 줄
을 서서 급하게 찍고 자리를 비켜줘야 해요.

보름달 그림자 포토존이 제일 인기가 많아서 그래요!

두 명 이상 민속촌 방문을 했다면 뒤에 줄 서신 분들께 사진을 부탁
해보세요. 저희 차례가 끝난 뒤 같이 찍어드린다고 말씀하시면 다들
흔쾌히 찍어주신답니다.

커플이라면 팔로 큰 하트를 만들어서 포즈를 취하거나 옆모습으로
바라보는 자세가 예쁘게 찍혀요. 한복을 입고 있다면 금상첨화!

가족이라면 아이와 손을 잡고 만세를 하거나 손끼리 만나는 하트를
하는 동작, 손을 쭉 뻗으며 하늘로 가르키는 동작 등 역동적인 모션
을 취하는 것이 잘 어울리더라구요.

혼자 방문하셨다면 옆모습으로 고개만 포토존으로 돌린 장면을 꼭
찍으세요. 보름달을 배경으로 아련하고 몽환한 느낌이 나서 감성포
텐 사진을 찍을 수 있어요!

민속촌의 하이라이트 포토존!

바로 호수 위에 떠 있는 보름달입니다.

물 위로 반사되어 밝게 빛이 나는 보름달 자체도 너무 아름답지만,
그 옆에서 가족, 연인, 친구와 함께 사진을 찍어도 정말 예쁘게 잘 나온답니다.

보름달을 손 위에 올린 것처럼 찍어보는 건 어떨까요?

핸드폰으로 보름달을 찍을 때 뿌옇게 퍼진 것처럼 빛이 예쁘지 않게 찍힌다면
카메라 화면에서 보름달이 보이게 세팅한 후, 그 보름달을 한 번 터시해보세
요. 핸드폰이 그 빛을 기준으로 다른 빛까지 인식해 감성 넘치게 예쁜 보름달
사진을 촬영할 수 있답니다.

4. 수원화성문화제

경기 수원시 장안구 영화동 320-2

[간단 키워드]

#수원_여행 #수원화성 #역사 #축제

수원 전통문화 축제로 가장 유명하죠.

바로 수원의 대표적인
전통문화관광축제 수원화성문화제입니다.

기록과 역사 속으로 함께 빠져봅시다.

수원화성 곳곳을 무대 삼아펼쳐지는 공연을 눈으로 마음으로
신나게 즐겨보아요.

#수원_페스티벌과_함께_공연사진을_찰칵!
어떠실까요?

우리의 눈과 귀를 즐겁게 해줄 특별한 수원의 페스티벌로
함께 떠나볼까요?

[소개]
수원을 넘어 한국을 대표하는 문화관광축제
<제58회 수원화성문화제>
* 2020·2021 문화관광축제 선정

정조대왕의 효심과 부국강병의 꿈을 바탕으로 축성된
수원화성에서 매년 펼쳐지는 역사 깊은 문화관광축제
'수원화성문화제'입니다.

2021년 <제58회 수원화성문화제>는 <세계유산축전
수원화성>과 함께하여 더욱 뜻 깊고 다채로운 프로그램
으로 시민 곁에 다가갑니다.

수원화성의 이야기들을 보고, 듣고, 체험할 수 있으며,
화성성곽과 용연 등 역사적 정취가 깃든 장소에서
다양한 문화예술 콘텐츠를 함께 즐길 수 있어요.

화성행궁에서 사진을 찍으며 구경하다가 산 위에 위치한
후원으로 가보세요. 한 작은 정자 앞에서 모든 궁을
내려다볼 수 있답니다. 수원화성문화제에서 여러
즐길거리와 추억을 쌓았지만 이 곳이 가장 오래
기억에 남았어요.

미로한정은 화성행궁 후원에 세운 소박한 정자입니다.
조선 정조 13년(1789) 수원읍을 팔달산 아래로 이전한
이후에 지었어요. 처음 이름은 육면정(六面亭)이었으나
1795년에 미로한정(未老閑亭)으로 이름을 바꾸었대요.

'늙기 전에 한가로움을 얻어야 진정한 한가로움이다(未
老得閑方是閑)'라는 시구를 인용한 것으로 보여요. 아들
순조에게 왕위를 물려주고 수원에 내려와 한가하게 노년
을 즐기고자 했던 정조의 뜻이 담겨 있다는데, 정말 시원
한 바람을 맞으면서 한가로이 궁을 구경하고만 있어도
즐거웠답니다.

실제로 화성 축성을 막 시작한 1794년 정월, 정조는
미로한정에 올라가 허허벌판이던 수원부에 1천여 집이
들어서 번성한 모습을 바라보며 관리들을 칭찬했대요.
정조 재위 기간 동안에 활약한 화가 김홍도가 미로한정
주변에 가을 국화가 가득한 모습을 '한정품국閑亭品菊'
이라는 그림으로 그린 것이 여직 남아있을 정도니 정조
의 즐거움이 고스란히 느껴지는 기분입니다.

5. 이천도자기축제
경기 이천시 신둔면 도자예술로5번길 109

[간단 키워드]
#이천_여행 #이천도자기 #쇼핑 #예술마을 #우리_3년_만이지?

이천하면 도자기가 가장 유명하죠.

도자기를 잔뜩 구경할 수 있는 좋은 축제를 소개시켜드릴게요.

바로 이천의 대표적인 전통문화관광축제 이천도자기축제입니다.

공예 체험과 더불어 다양한 볼거리가 많은 축제입니다.

자칫 정신 팔렸다간 금방 텅장이 될걸요?

#이천_도자기_셀럽이_나야나_자랑하며_찰칵!
어떠실까요?

도예의 매력에 푹 빠질 준비가 되셨나요?

[소개]
올해 이천도자기축제는 '불… 우리의 색을 찾아서 …꽃'을 테마로 5월 13일(일)까지
17일 동안 펼쳐집니다.

물레 성형 체험, 도자빚기 경연대회, 대규모 도자판매 및 전시, 핸드페인팅, 과자공예 등
다양한 프로그램들이 마련되며, 특히 1박2일간 숙박을 하며 다양한 도자 체험을 즐길 수
있는 아트스테이와축제장의 이모저모를 알차게 즐길 수 있는 스템프 투어를 통해 더욱
축제를 알차게 즐길 수 있어요.

이천도자기축제는 신둔IC와 경강선, 셔틀버스를 통하여 다양한 교통수단로 편리하게
접근이 가능하며, 축제장은 약 3000여대를 수용할 수 있는 주차공간 및 고객 편의성을
위한 내부순환 열차가 운행됩니다.

신비로운 푸른 빛깔과 우아한 선을 지닌 고려청자나 소박하고 꾸밈이 없는 느낌의 조선
백자등은 우리 민족의 뛰어난 예술감각을 말해주는 자랑스러운 민족문화의 유산이에요.

근래에 와서 이천 특산물을 이야기할때에는 누구나 도자기를 첫 손가락에 꼽게 되는데,
그만큼 우리 이천이 도자기의 대표적인 산지로 이름나있고, 특히 300여개의 도자기
가마가 모여있는 신둔면 일대는 우리나라의 대표적인 도예촌으로 유명합니다.

이와같이 이천이 도자기의 명산지로 이름을 떨치게 된 데에는 도자기를 만드는데 필요한
흙이나 그것을 굽기 위한 땔나무를 비교적 쉽게 구할 수 있다는 외적인 여건도 있겠지만,
그보다 더 큰 이유는 전통 도자기를 재현해 낸 도공들의 장인정신 때문일 것입니다.

유근형, 지순택 같은 분들이 이천에 자리잡은 이후 많은 도공들이 모여들면서 도자기에
대한 끊임없는 연구와 창작이 이루어지고 있습니다.

청자와 백자, 분청으로 이어지는 관상용 전통도자기 뿐만 아니라 현대적인 감각의 생활
도자기도 생산하고 있습니다.

이천의 대표 축제, 이천도자기축제가 3년 만에 다시 열려요!

2022년 9월 2일부터 10월 3일까지 주말과 공휴일 14일간 '일상을 예술하는 이천'을 슬로건으로 다양한 프로그램이 펼쳐질 예정입니다.

코로나19 이후 3년 만에 찾아 온 이천도자기축제에서 온 가족이 함께 도자체험을 즐겨보자구요.

1. 마카레베이킹

경기 화성시 병점3로 47

[간단 키워드]
#수제초코우유_맛집 #딸기케이크 #존맛탱 #친절 #위생 #좋은_화장실

[소개]
빨간 간판이 한눈에 들어오지요?

저 멀리서도 바로 알아볼 수 있는 귀여운 마카롱카페입니다.

마카레베이킹은 파티시에가 철저하게 위생을 잘 지키는 곳이에요.

꼭 위생모자를 착용하시고 작업하시거든요.

맛, 모양, 위생 모두를 챙겨 꼭꼭 추천드리고 싶은 카페입니다.

이 곳을 추천하는 가장 큰 이유는 바로 맛의 퀄리티입니다.

특히 마카레베이킹 카페의 어떤 디저트가 얼마나 맛있는지 콕
짚어드리겠습니다.

메뉴 중 제가 추천하는 원픽은 바로 찐초코초코(수제초코우유)음료입니다.

직접 초코를 녹여서 우유와 함께 끓여주시는 수제음료라 시간이 조금
걸리지만 그만큼 초코맛이 듬뿍 느껴지는 초코우유입니다.

하나만 시켜도 배가 부를 정도라 디저트배를 많이많이
남겨두고 주문하시길 바랍니다!

마카레베이킹의 케이크는 정말 유명해요. 홀케이크는 미리 하루 전날 예약주문을 해야 될 정도로 좋은 퀄리티를 자랑합니다.

오후에 가면 볼 수 없는 초코 딸기 조각 케이크는 싱싱한 딸기와 부드러운 초코크림과 촉촉한 케이크시트의 조합으로 명실상부 인기 많은 디저트입니다.

너무 달지 않은 케이크라 두 조각도 거뜬히 먹을 수 있습니다. 초코와 딸기의 궁합은 정말 최고!

2. 오버더문

경기 화성시 효행로 1051 2층 206호 오버더문

[간단 키워드]
#분위기_맛집 #데이트_추천 #보라보라해 #혼술 #달 #포토존

[소개]
분위기에 취해 홀짝홀짝 술을 마시고 싶은 날이 있지 않으신가요?

기분이 센치해지는 감성적인 인테리어가 매력적인 오버더문을 소개합니다.

맛도, 분위기도 무척이나 좋은 곳이랍니다.

테이블간의 거리가 멀어서 오붓하게 이야기하면서 홀짝홀짝 안주와 술을 마실 수 있다는 점이 가장 좋았습니다.

데이트장소로 안성맞춤!

칵테일도 , 맥주도 맛있으니 친구들과 함께 들려보세요!

칵테일에 대해 잘 몰라도 상관 없어요.

사장님이 친절하게 알려주시거든요!

그때그때마다 사장님 추천 술을 마시는 걸 추천드릴게요.

이 곳은 정말 그 날의 감정에 따라 마시는 기분이 달라지거든요!

인테리어는 보라보라한 조명으로 통일.

시끄러운 분위기가 아니라 분위기 있게 술을 마실 수
있어서 좋았어요.

중앙쪽에 칵테일바가 있어서 조용히 혼술할 수도 있고 사장님과 대화도
나눌 수 있어요.

가게 이름처럼 달을 이용한 인테리어가 정말 많았어요. 보름달이 천장에
매달려있기도 하고, 벽에 달이 기우는 모습이 그려져있기도 했답니다.

여러분은 어떤 달을 좋아하시나요?

예쁜 달이 가득한 셀카존에서도 찰칵 사진도 찍어보세요!

3. 글린정원
경기 화성시 동탄반석로 171 스타즈호텔프리미어 동탄 2층
(*현재 상호명이 정원 171로 변경되었습니다)

[간단키워드]
#인스타_갬성 #감성_샷 #숲속 #정원 #인생_샷 #로판_빙의_체험

입구부터 숲속느낌이 낭낭한 인스타 갬성 카페입니다.

온통 초록초록한 식물이 가득차 있어서 어디서든 감성 있는 사진을 찍을 수 있어요.

더 좋은 자리를 원한다면 미리 예약을 걸어두면 만족하실 거에요.

카바나 a2 (4인석,좌식)이 가장 인기가 좋으니 한번 도전해보세요!

디저트 3단 스탠딩 트레이에 골고루 종류별로 글린 정원에서 인기 많은
디저트 종류를 모두 맛 볼 수 있습니다.

특히 화분케이크는 정말 정교해서 화분으로 착각할 수 있을 정도였답니다.

숟가락으로 맛있게 먹으니 마치 흙을 퍼먹는 듯해 재미있었어요.

이 곳의 시그니처 메뉴는 에프너눈 티 세트
라고 할 수 있는데요.

애프터눈 티 세트(2인) 29,000

1층 : BLT샌드위치&샐러드
2층 : 화분케이크, 까놀레,
마들렌, 타르트

음료 택 2 *라떼 변경 시 1,000원,
에이드 변경 시 2,000원 추가됩니다.

아메리카노(시크릿블렌드/브라질/에티오
피아 원두 중 택 1)
프랑스 마리아쥬 프레르 홍차(플로클럽/웨
딩임페리얼/얼그레이 프렌치블루/에로스)
우바 밀크티(ICE ONLY)

저는 아메리카노(시크릿블렌드)와 프
랑스 마리아쥬 프레르 홍차(얼그레이
프렌치블루)를 선택했었는데요.

아메리카노는 산미가 조금 있어서 스타
벅스 같이 텁텁하고 쓴 맛을 선호하시
는 분들은 '브라질'원두의 아메리카노
를 선택하시길 바랍니다.

홍차의 경우 얼그레이 프렌치블루의 향
이 무척 좋아 홍차를 처음 드시는 분들
도 무난하게 드실 수 있을 거예요.

4. 예찬스시

경기도 화성시 효행로 1038 대동빌딩 102호

[간단키워드]
#스시 #맛집 #가성비 #존맛탱 #점심특선

병점에서 손꼽는 스시맛집이에요. 병점인이라면 누구나 안답니다!

정말 가성비와 맛 두 마리 토끼를 모두 잡은 맛집이에요.

내부도 정말 쾌적하게 넓어서 답답한 느낌이 들지 않았어요.

혼자 밥 먹기에도 부담스럽지 않아서 참 좋아요.

이 곳은 정말 오랫동안 병점에서 '엔터스시'라는 명칭으로 운영중이었는데요.

이번에 예찬스시로 상호명을 변경하여 헷갈리는 현지인들이 많답니다.

이 점 꼭 참고하세요!

[소개]

스시집을 추천하면 예찬스시를 빠트릴 순 없죠.

이 곳은 점심에 사람이 많습니다.

점심특선초밥의 구성도 좋고, 양도 만족스럽거든요.

맨처음 이 곳에 방문했을 때 양이 부족할 것 같아서 돈가스까지 추가했었는데
너무너무 배가 불러서 후회한 적도 있었어요.

하지만 그덕분에 적극추천할 수 있는 메뉴를 먹어봐서 참 다행이라고 생각해요.

예찬스시의 돈가스 정말정말 추천드립니다!

정말 바삭하고, 안은 촉촉한 겉바속촉 그 자체거든요.

느끼한 맛 하나 없어 소스 없이도 먹을 수 있는 정말 담백하고 고소한 돈가스예요.

점심특선초밥(8pc) 10,000 Everyday(AM 11:00 ~ PM 02:00)
광어(1pc),연어(2pc), 빅아이(1pc), 초새우(1pc), 다시마키(1pc),
조미유부(1pc), 후또마끼(1pc), 새우&고구마튀김, 소바, 후식

간간이 밑반찬으로 나오는 토마토유자샐러드를 꼭 먹어주세요. 이
집의 숨겨진 워너원푸드입니다. 상큼달콤해서 초밥과 궁합이 정말
잘 맞았거든요!

후식의 경우 오미자를 주는데 입가심이 되어서 매우 좋습니다.

이 곳은 특이하게 물 대신 녹차를 준답니다. 그덕분에 입맛이 자꾸
돌아서 평소보다 많이 먹게 되는 건 안비밀!

5. 갈비꽃

경기 화성시 지산1길 3-1

[간단키워드]
#동탄 #갈비 #맛집 #가성비 #존맛탱 #점심특선

[소개]
동탄에 위치한 갈비꽃을 소개합니다.

정말 친절하게 하나하나 살펴주는 친절한 가게였어요.

밖에서부터 안까지 깔끔하게 화이트 톤으로 맞춰서 언뜻보면 갈비집으로
보이지 않는 것이 하나의 큰 메리트라고 생각해요.

제가 맛집을 선정하는 데에는 당연히 맛이 들어가지만,
맛만큼 중요하게 여기는 점이 있는데요.

바로 서비스입니다.

손님이 들어와도 자리를 바로 안내하지 않거나, 손님이 들어오고나서야
가게의 에어컨/히터를 트는 등의 기본적인 서비스조차
안 지키는 곳이 너무너무 많아졌거든요.

그런데 이 곳, 정말 들어가자마자 깜짝 놀랐습니다.

미소를 지으면서 원하는 곳으로 앉도록 안내해주고,
고기가 나온 뒤에도 계속 신경써주셨거든요!

철판이 타면 바로바로 알아서 교체도 해주시더라구요.

상추도 물기가 있는 싱싱한 것이었고 소스뚜껑도 먼지 하나 없이
깨끗한 모습이었습니다.

그래서 먹기 전부터 기분이 정말정말 좋았습니다.

거기다가 앉은 자리가 통창자리라 날씨가 좋은 관계로 무척 상쾌한
느낌까지 들더라구요.

그래서 맛도, 서비스도 아주 좋은 맛집으로 추천드리게 되었습니다.

III_핫플레이스

경기도

데이트

여행

추억

1. 아침고요수목원

경기 가평군 상면 수목원로 432

[간단 키워드]
#가평_여행 #추억여행 #자연 #꽃 #야경

[소개]
싱그러운 봄을 맞이해서 햇살 받으며 걷고 싶지 않으신가요?

그럴 땐 가평의 아침고요수목원에서 꽃내를 맡으면서 봄의 시작을
느껴보세요.

튤립, 철쭉, 수선화 등 온 정원에 다양한 봄꽃들이 가득 피어나 따뜻한
봄의 모습을 관찰할 수 있답니다.

아침고요수목원에서 가족, 연인, 친구와 함께 봄의 추억을 남겨보세요.

#가평에서_봄을 맞이하며_찰칵!
어떠실까요?

2022년 4월 16일 ~ 5월 22일 기간에 진행했던 2022 아침고요 봄꽃축제
Spring Holic는 봄의 기운이 살랑살랑 흔들려서 잔뜩 설레는 기분을 만끽할
수 있어요.

봄볕에 반짝이는 땅과 신록으로 물든 아침고요수목원은 축령산의 빼어난
산세와 어우러져 그림 같은 풍경을 자아내요.

툴립, 철쭉, 수선화 등 봄꽃 군락을 중심으로 온 정원에는 목련, 진달래, 매화,
개나리, 벚꽃 등 다양한 봄꽃들이 가득 피어나 황홀한 봄의 모습을 감상할 수
있습니다.

따뜻한 봄 바람과 햇살의 설레임을 만나보세요.

특히 침고요수목원의 봄은 노오란 복수초, 히어리, 풍년화가 피어남과
동시에 시작됩니다.

따뜻한 햇살을 맞으며 힘차게 얼굴을 내미는 식물을 바라보면 싱그러운
봄의 기운이 물씬 풍겨져요.

얼어있던 계곡에서 흐르는 물소리가 들리고 지저귀는 새소리에 겨우내
움츠렸던 앙상했던 가지에서는 신록들이 자라납니다.

2022년 3월 19일 ~ 4월 17일 기간에 전시했던 2022 제 19회 아침고요
야생화전시회는 우리가 잘 알지 못했던 야생화를 만날 수 있어요.

무분별하게 훼손되어 사라져 가는 야생화를 소개함으로서 우리 식물의
소중하과 정신을 일깨워 주기 위한 전시회입니다.

일반인의 접근이 어려운 곳에서 자라기도 하고, 흔하지만 너무 작아
아름다움을 느끼지 못했던 야행화들과 멸종 위기 직전에 놓여있는 다양한 야생
화를 소개합니다.

소박하지만 특별한 야생화를 만나보세요.

2. 레일파크
경기도 가평군 가평읍 장터길 14

[간단 키워드]
#가평_여행 #신나는 #경치 #강아지

[소개]
추억과 낭만을 싣고 달릴 경춘선 레일바이크!

영화 '편지'의 촬영지 경강역, 가평의 참 맛을 느낄 수 있는 가평전통장.

계절 따라 그 모습을 달리하는 느티나무터널. 북한강을 가로지르는 높이 30m의 아찔한 북한강
철교를 횡단하는 코스. 가평역을 출발하여 경강역에서 회차, 가평역으로 돌아오는 왕복코스입니다.

2인용, 4인용 레인바이크가 있으니 연인, 가족과 함께 타보아요!

계속 페달을 밟으면 다리가 아플까봐 걱정되실텐데, 이 곳 레일파크에서는 반자동 스템으로 구성되어 있어서 조금만 페달을 밟으면 알아서 슉슉 달려간답니다.

시원한 바람을 맞으면서 풍경을 즐겨보아요.

계절 따라 그 모습을 달리하는 느티나무터널을 지나가면서 사진도 찍어보세요!

3. 제부도

경기 화성시 서신면 제부리

[간단 키워드]
#푸른바다 #바닷길 #모세의기적 #섬 #케이블카

[소개]
이번에는 경기도 바다여행을 떠나보는 건 어떨까요?

제부도 섬을 소개할게요!

디자인과 건축, 예술 등이 어우러진 '문화 예술의 섬'이랍니다.

제부도는 2017년 경기 유망 관광 10선에 선정되었고, 한국관광공사가 2년에
한 번 선정하는 '2021~2022 한국관광 100선'에도 뽑혔습니다.

연 200만 명이 넘는 관광객이 찾아오는 경기도 서부해안 대표 관광지예요!

제부도를 들어갈 때 색다른 추억도 경험할 수 있어요.

서해랑케이블카는 전곡항과 제부도를 잇는 국내 최장 2.12KM 해상케이블카예요.

바다 위에서 제부도 바닷길, 누에섬, 해상풍력, 마리나 등을 감상할 수 있으며
아름다운 서해안 경관을 한눈에 담을 수 있어요.

제부도 곳곳에 놓여진 포토존에서 #경기도_바다여행_가족과 함께
찰칵! 찍어보는 건 어떨까요?

서신면 앞 바다에 있는 작은 섬, 제부도는 '모세의 기적'이 일어나는
신비의 섬입니다.

하루에 두 번씩 썰물 때면 바닷물이 양쪽으로 갈라져 섬을 드나들 수
있는 길이 열려요.

수도권에서 그리 멀지 않은 데다 교통이 편리하여 가족 단위 1박 2일
휴양 여행지로 적당하며 물에 비친 낙조는 서해안에서 가장 아름다운 곳
가운데 하나로 꼽힙니다.

또한 지명은 제약부경이라 일컬어지던 사람들에게서 유래되었는데,
그들이 송교리와 이 섬 사이의 갯고량을 어린아이는 업고 노인들은
부축하고 건네주어 제약부경의 제자와 부자를 따서 제부도라
하였다고 합니다.

서해안은 수심이 얕고 사빈이 발달하여 해수욕장으로 개발되었는데,
썰물 때에는 간석지를 통하여 동쪽 해안이 육지와 이어집니다.

예전에는 이 바닷길을 통해서만 제부도 왕래가 가능하였는데, 지금은
케이블카를 이용하여 언제든지 드나들 수 있게 되었습니다.

국내 최장 2.12KM 길이의 해상케이블카를 타고 여유롭게 제부도의
아름다운 풍경을 감상할 수 있습니다.

케이블카는 두 종류가 있는데, 일단 캐빈, 크리스탈 캐빈이 있습니다.

성인 기준 일반 캐빈 가격은 19,000원, 바다를 내려다 볼 수 있게 케이블카
바닥면이 유리로 되어 있는 크리스탈 캐빈 가격은 24,000원입니다.

크리스탈 캐빈 케이블카는 바닥이 투명한 유리로 되어 있어요! 바다 위를
걷는 듯한 기분을 느끼고 싶다면 크리스탈 캐빈도 추천드릴게요.

케이블카 운영시간은 오전 10시~오후 8시까지이니
이 점 참고하여 여행을 즐겨주세요!

길이 1.8km의 백사장 오른쪽으로 탑재산이 자리하고, 왼쪽으로는
매바위가 위치해 있어 해가 질 때면 장관을 연출한답니다.

바지락 캐기, 갯벌 생태 체험, 망둥어 낚시와 배낚시, 그물 체험이 연중
가능하며 여름철에는 해양 레저 체험이 가능해요.

수온이 적당하고 경사도도 완만하어 여름 한낮에 해변에서 놀다가
석양과 함께 하루를 정리하면 그 어떤 곳보다 멋진 추억을 남길 수
있지 않을까요?

4. 우리꽃식물원

경기 화성시 팔탄면 3.1만세로 777-17 우리꽃식물원

[간단키워드]
#경기도 #화성 #실내식물원 #온실 #가족들과 #드라이브코스

푸릇푸릇한 식물들을 구경하면서 산책하고 놀 수 있는 곳을 찾고 있지는 않나요?

주차공간도 넓고 경기도민 할인까지 되는 곳이에요.

도심 속 자연을 만끽할 수 있는 공간,

꽃과 나무들이 사계절 살아 숨쉬는 화성시 우리꽃 식물원을 소개해드릴게요!

[소개]

우리나라 금수강산을 표현한 석산과 한옥형태의 사계절관, 야외화단, 석림원 등총 128,312 ㎡ 부지에 1,100여종의 식물들을 사계절 즐길 수 있는 식물원이에요.

여러 볼거리와 웃음만발 놀이숲, 은행나무 산책로, 솔숲쉼터에서 가족, 연인들이 아름다운 자연을 만끽하고 우리꽃의 소중함도 느낄 수 있는 공간이랍니다.

한옥 건축양식으로 지어진 유리온실, 우리나라 5대 명산인 백두산, 한라산, 태백산, 설악산, 지리산을 형상화한 석산과 소원이 이루어지는 박달나무 뿌리, 살아있는 화석으로 불리는 올레미 소나무, 용비늘고사리, 나무고사리 등 약 300여종의 식물을 관람할 수 있어요.

적작약, 산자고, 돌단풍, 잔대, 대청부채, 삼백초 등 약 400여종의 초본류가 식재된 화단과 목본류인 동백나무, 진달래, 화살나무, 배롱나무 등 약 200여종의 목본류가 식재되어 있어요.

우리꽃식물원 내에 조성된 인공연못이 있습니다. 동미나리, 물부추 등의 습지식물과 부레옥잠, 연꽃 등 여러 수생식물을 관람할 수 있습니다.

약용원은 약용식물인 지느러미엉겅퀴, 당귀, 약모밀, 지황, 쑥, 백선, 낙지다리 등 약 20여종의 약용식물이 식재되어 약재로 쓰이던 여러 식물들의 모습과 약효에 대해 알 수 있는 주제원이랍니다.

덩굴원에는 능소화, 머루, 다래, 으름, 박 등 약 20여종의 덩굴식물이 식재되어 있습니다.

오죽길 및 자작나원도 있어요. 벼과식물인 오죽은 잎이 2~3개씩 달리는 피침형이고, 길이 6~10cm, 폭 1~1.5cm로 가장자리에 잔톱니가 있으며, 줄기는 2~5cm이고 첫해에는 녹색에서 점차 검은색이 되며, 죽순은 4~5월에 올라옵니다.

자작나무원- 자작나무는 낙엽활엽교목으로 높이 20m 이상자라며, 잎은 어긋난 삼각상 달걀모양이고 길이 5~7cm, 폭 4~6cm로 겹톱니가 있으며, 나무껍질은 백색이고 종이같이 옆으로 벗겨져요

5. 광명동굴

경기 광명시 가학로85번길 142

[간단키워드]
#기억해야할_100년 #폐광의_기적 #일제강점기 #광산 #황금광산 #역사공부

무섭도록 더운 날씨에 집에만 있기 아쉽지 않으신가요?

집에만 있을려니 답답하고, 그렇다고 밖으로 나가자니 너무 더워서 슬픈
여러분을 위해 광명동굴을 추천드립니다.

자연적으로 불어오는 바람이 땀을 식혀주고 동굴에 맺히는
물은 얼음물처럼 차갑답니다.

광명동굴이 가진 100년의 역사를 기억하면서 천천히 구경해보세요.

광명동굴은 황금의 땅으로 불리어요.

동굴에는 아직 많은 양의 황금이 남아 있어
엘도라도(황금을 찾아서)의 꿈을 꾸는 사람도 있대요.

부귀영화의 상징이자 시대를 넘어 변하지 않는 가치를 지닌
황금의 다양한 진면목을 이제 광명동굴에서 체험할 수 있답니다!

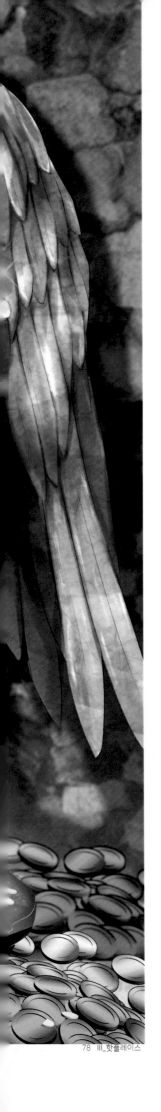

[소개]

1912년 일제가 자원수탈을 목적으로 개발을 시작한 광명동굴
(구.시흥광산)은 일제강점기 징용과 수탈의현장이자 해방 후
근대화 · 산업화의 흔적을 고스란히 간직한 산업유산입니다.

1972년 폐광된 후 40여 년간 새우젓 창고로 쓰이며 잠들어 있던
광명동굴을 2011년 광명시가 매입하여역사 · 문화 관광명소로
탈바꿈시켰습니다.

광명동굴은 산업유산으로서의 가치와 문화적 가치가 결합된
대한민국 최고의 동굴테마파크라는 평가를 받고 있으며 연간
100만 명 이상의 관광객이 찾는 세계가 놀란 폐광의 기적을
이루었습니다.

동굴이라는 공간적 차별성과 희귀성은 문화예술 콘텐츠와 결합
되어 새로운 창조문화를 만들어가고 있어요.

동굴 예술의전당을 시작으로 동굴 곳곳은 수많은 예술가와의
협업을 통한 작품을 관람할 수 있으며 어둠을 배경으로 한
빛과 뉴미디어는 상상이상의 감동을 이끌어내고 있습니다.

또한 산업현장으로만 여겨지던 갱도는 와인동굴로 변신해 소통의
공간으로 이용되고 있어 새로운 컬쳐 라이프 스타일을 제시하고
있답니다.

폐광을 복합문화예술공간으로 재생시킴으로써 국내를 넘어
세계가 주목하는 문화 창조공간으로 주목받고 있어요.

인용 및 출처

화성시 문화관광 홈페이지

https://tour.hscity.go.kr/NEW/0index/index.jsp

칠구의 블로그

https://blog.naver.com/mkkim044/222740231048

별빛우주정원 홈페이지

http://www.ooozooo.co.kr/

화담숲 홈페이지

https://www.hwadamsup.com/relay/main/main.do

한국민속촌 홈페이지

https://www.koreanfolk.co.kr/

수원문화재단 홈페이지

https://www.swcf.or.kr/hlfl/

대한민국구석구석 홈페이지

https://korean.visitkorea.or.kr/main/main.do#home

경기관광 홈페이지

https://ggtour.or.kr/main.php

마카롱베이킹 홈페이지

https://m.blog.naver.com/PostList.naver?blogId=sooha1531&categoryNo=0

글린정원(*현재 정원171로 상호명이 변경되었습니다)

https://naver.me/xzcxK5qE

갈비꽃

https://naver.me/xWNiGJvO

아침고요수목원 홈페이지

https://www.morningcalm.co.kr/html/main.php

아침고요수목원 예약 홈페이지

https://booking.naver.com/booking/5/bizes/130733/items/4502992?area=plt

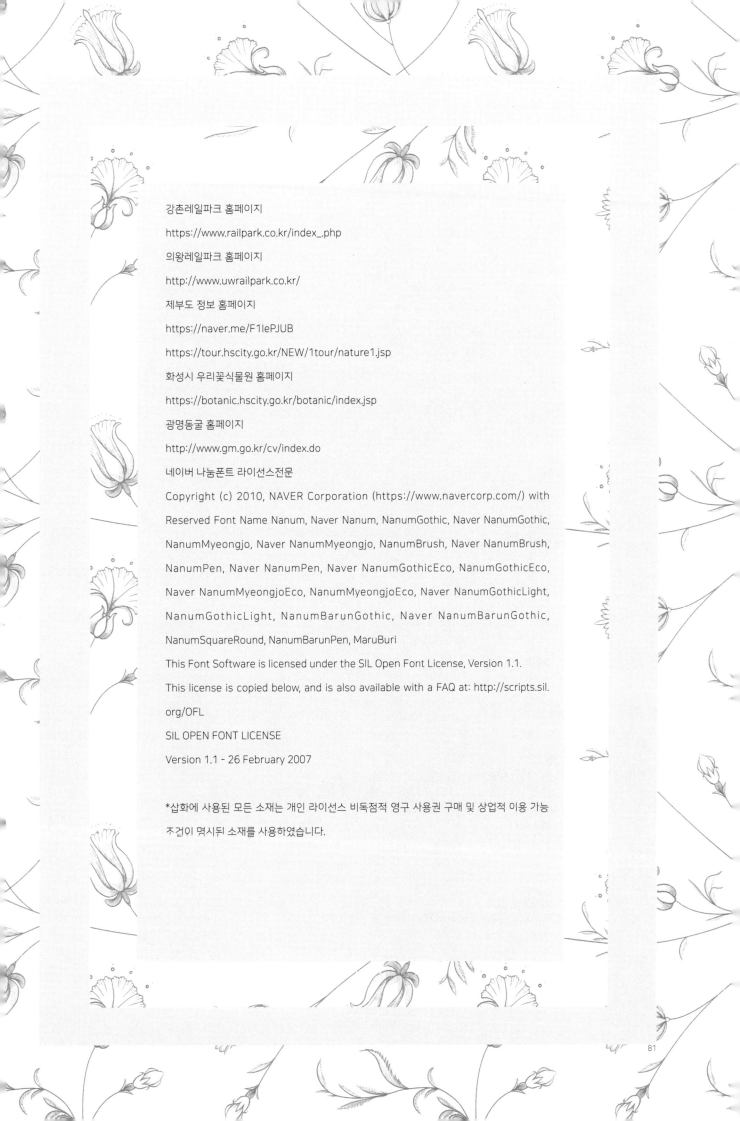

저자

1999년 07월 05일에 태어난 토끼띠 게자리 A형 E/INTP다.
현재 간절하게 디자인학과 졸업을 희망하고 있다. 학창시절 명확한 장래희망을 가지고 있지 않아 여러 다양한
자격증을 취득하며 다채로운 경험을 하고자 노력하였다. 현재 4년제 대학교를 재학 중으로 여러 유익한 디자인
전공 분야를 학습하고 있다. 빛과 그림자를 통해 색채감 있는 그림을 그리고자 클립스튜디오 프로그램 연습에
매진 중이다. 많은 사람들의 도움 덕분에 점차 나아가고 있는 학생이다.

작가이메일-kimhg9897@naver.com
작가도메인-www.bookk.co.kr/poi9907
작가블로그-https://blog.naver.com/mkkim044

어서오세요 마이 경기도 Welcome to My Gyeonggi-do

발 행 | 2023년 1월 11일
저 자 | 김현지
펴낸이 | 한건희
펴낸곳 | 주식회사 부크크
출판사등록 | 2014.07.15.(제2014-16호)
주 소 | 서울특별시 금천구 가산디지털1로 119 SK트윈타워 A동 305호
전 화 | 1670-8316
이메일 | info@bookk.co.kr

ISBN | 979-11-410-1117-8

www.bookk.co.kr